Pensamientos

Sentimientos y

Demás

MARCO CEVALLOS

Náhuatl Ediciones

Título: Pensamientos, Sentimientos y Demás

© 2024 Marco Cevallos

Diseño de Portada: Gerard V. Castillo

ISBN: 9798329879223

Sello: NÁHUATL EDICIONES

Todos los derechos reservados. Queda prohibida la reproducción total o parcial de este libro por cualquier medio electrónico o mecánico, sin autorización por escrito del autor.

Instagram: marcocga

Facebook: Marco T Cevallos

Biografía

Marco Cevallos (San Pedro Sula, Honduras, 1991) es Máster en Administración de Proyectos y Escritor.

Actualmente labora para Banco del País. Asimismo, posee el blog titulado Tulio Cevallos y el podcast *Memorias de un Soñador*, en ambas plataformas se aborda la poesía.

Su género literario es la poesía. Su primera obra se titula *Pensamientos, Sentimientos y Demas*, en la cual se plasman todos esos pensamientos y sentimientos que no puede comunicar.

Es, además, voluntario de medio tiempo en el programa socioeducativo *Paso a Paso*, mediante la ejecución del programa titulado el *Rincón de los Sueños*, donde se trabaja con niños en la expresión de sus emociones a través de la escritura y lectura.

«cree en ti».

Tú que habitas al amparo del Altísimo
y resides a la sobra del Omnipotente,
dile al Señor: «Mi amparo, mi refugio,
mi Dios, en quien yo pongo mi confianza».

Salmo 91: 1-2

Ha terminado

la hora de la ceniza para mi corazón.

Hace frío sin ti,

pero se vive.

Roque Dalton (1935 – 1979)

PENSAMIENTOS, SENTIMIENTOS Y DEMÁS...

(Esos pensamientos que te llegan en madrugadas, esos sentimientos que no puedes apaciguar...)

PENSAMIENTOS, SENTIMIENTOS Y DEMÁS...

Momentos que se convierten en personas vienen y se apoderan poco a poco de mi mente, se adhieren y me hacen volar, como si el cielo no existiese, desafío las leyes del tiempo y del espacio, cuando yo me desplazo hacia mi interior, cuando me desplazo a tu lado.

Acompañado por mis sentimientos, yo te resguardo y te atesoro en mis pensamientos, en esos golpes fantasiosos que me hacen eludir a mi realidad, que me sirven de refugio cuando algo no camina de la forma en que debería, esos pensamientos me devuelven la esperanza y esos sentimientos me dan la fuerza para continuar.

Con el primer rayo de sol, tú te vas de mi lado, pero día a día te llevo dentro de mi corazón, en ocasiones eres causa de dolor, pero en la mayoría del tiempo eres inspiración, en ti descargo mi frustración y mis ansias, de cierta manera diálogo mejor y me conoces como nadie lo logró. Por eso atesoro tus recuerdos en mi corazón, por eso eres inspiración, por eso eres los pensamientos que no me atrevo a ignorar.

Es por eso por lo que aún te mantienes viva en mi interior, porque esos recuerdos se convierten en pensamientos que me acompañan desde el día que te fuiste de aquí, es por eso por lo que los pensamientos me ayudan a continuar, porque se vuelven refugio de una realidad que en ocasiones desearía ignorar, porque se convirtieron en cuna de la creación y de lo que estoy plasmando aquí hoy...

ÍNDICE

PRÓLOGO 17

Pensamientos 19

avalancha de pensamientos… 21

Pasado 23

Caminamos 25

Mi voluntad 27

Suelo buscarte 29

Octubre y sus tardes 31

Ilusiones 33

Decisiones 35

Caminos 37

Antes de ti… 39

El son de nuestra canción 41

Primeras impresiones 43

Todo cambia contigo 45

Mi dicha 47

Injusticias de la vida 49

Entrégame 51

Tú Rostro 53

Cuando te pienso 55

Tu fotografía 57

Un nuevo amanecer 59

Sueños despierto 61

Día anhelado	63
Ocasiones	65
Emocional, racional.	67
¿Cómo actuar?	69
Si me prometes	71
Cuerpos sin alma	73
Esperanza en un cielo gris	75
Te di tanto	77
Pensamientos en noche de lluvia	79
Suspiros del día	81
Me canse	83
Incapacidad	85
¿Quién es ella?	87
Promesa incumplida	89
Llega el otoño	91
Otra tarde gris	93
Ayer	95
Distancia creciente	97
Oportunidades	99
¿Desparecerás?	101
Creía	103
Acaso	105
Quisiera	107
El vacío de tus ojos	109
Triste Febrero	111
Noches y pensamientos	113
Libra	115

Noche de frío	117
En el suspiro del día	119
No te marches	121
Enterrado	123
Lo mejor de mi	125
Angustia	127
Agosto	129
Restos de mi corazón	131
Tus Argumentos	133
Momentos de ayer	133
Sábado de lluvia	137
Tu y yo	139
La vida	143
No pretendas	145
Historias en el techo	147
Vuelves	149
Lucha Constante	151
¡No Más!	153
Lo que perdí	154
La vida	155
Domingo de verano	157
Mi Noche	159
Una historia triste	161
Tu talento	163
Segundo asalto	165
Veintitantos	167
Márchate	169

No te olvido 171

Mi eterno error 173

Palabras sin valor 175

¿Quién? 177

Palabras sin pronunciar 179

Piezas de lo que fue 181

Noche 01 183

PRÓLOGO

Por: Jorge Menelio Tróchez

«¿Cuándo dejé de sonreír de esa forma?» Comienza por preguntarse el escritor, al recordar tiempos memorables que existen en la intermitencia de su memoria y por algunos instantes escucha esas voces que le causaban la mejor de su sonrisa, que le causaron las mejores lágrimas y ahora el mejor de los recuerdos.

Pensamientos, Sentimientos y Demás (PSD) tiene como punto de partida la filosofía de vida, preguntas sin respuestas, sentimientos vividos que se escurren en veintitantos años de pasiones desaforadas. Luego estos pensamientos son abatidos por sentimientos encontrados en donde las preguntas continúan a merced de la literatura de Cevallos, para encontrarnos con nostalgias de lo que pudo ser: si aquello tan bonito no se hubiera apagado, sin embargo, todo lo que comienza tarde o temprano debe terminar, así como llegan las estaciones a cambiar los vericuetos del año.

Lo vemos en el fondo de aquella pequeña habitación. Afuera el cielo gris, causa confrontación del ego, lucha de gigantes. Para no dejarse vencer por las inseguridades se levanta y mira a través de la ventana que bajo la precipitación aparece su sonrisa de arcoíris como una esperanza que todo volverá a hacer como antes.

La ruptura amorosa siempre deja escombros que destruyen el corazón y es tal la situación que no entendemos el porqué de las cosas, después de muchos años lo entendemos y comprendemos que aquello en lugar de rompernos nos fortalece y nos hace mejores personas ante las adversidades de la vida.

Lo que más duele es no vivir en el mundo que habíamos construido en nuestra imaginación, como que si de verdad existiera. Debemos aprender a vivir en el mundo real, aquí donde duele el pecho y nos falta el aire al padecer. Pero antes de aprender a vivir debemos a prender a soltar, no podemos retener el rio que busca el mar, tampoco el aire en los pulmones.

PENSAMIENTOS

Para mi todo comienza con fotografías,
Que se convierten en personas,
Y a su vez en momentos,
llego a los recuerdos,
A la raíz de toda fantasía…

Se comienzan a acumular,
Y ocupan todo posible espacio,
Me levantan de este mundo,
Y comienzo a volar,
Me despego de la realidad,
Que bien o mal,
Me gustaría cambiar…

Por eso llegan los pensamientos,
Y por un momento,
Yo siento libertad,
De crear,
De creer,
Siento osadía,
Dentro de mis limitantes,
Y mis defectos,
En mi mente,
Soy perfectamente incoherente.
Gracias a los pensamientos,
Y a cúmulos de recuerdos,
Que, en noches como esta,
Me sirven para expresarme.

AVALANCHA DE PENSAMIENTOS

Entre más lo pienso,

Más me detengo.

Entre más pienso,

Pierdo y lo sostengo,

Busco motivos y me arrepiento…

Entre más pregunto,

Menos conozco,

Entre más respuestas,

Más incógnitas,

Entre menos contengo,

Más yo pierdo,

Entre más tengo,

Más me enajeno…

Me pierdo y regreso,

Regreso y me voy,

Para darme cuenta,

Que no pertenezco a tu corazón,

Regreso y me detengo,

Pienso y me pierdo,

Entre incógnitas y respuestas,

Yo te sostengo,

Yo me libero entre pensamientos…

Vuelo y caigo,

Caigo y me levanto,

Para darme cuenta,

Cuánto he fracasado,

Cuánta fe pierdo.

Caigo y me levanto,

Y mi ser ya cansado,
Se siente maltratado,
Aprendo y me pierdo,
Y mi ser se ha rendido,
Mis sentimientos he perdido.

Y entre más lo pienso,
Menos me concentro,
Y la vida me pierdo,
Y a las personas veo de lejos.
Entre más lo pienso,
Menos vivo,
Menos siento,
Y más supongo,
Para darme cuenta,
Que me equivoco,
Y me pierdo para darme cuenta,
Cuanto lo siento…

PASADO

Es tan difícil evitar ver atrás;
Y anhelar algo que no volverá,
Cuando tu presente no volvió a ser igual,
Cuando tu camino marcado quedó,
Cuando observas fotografías y te ves sonriendo,
Cuando te preguntas:
¿Cuándo dejé de sonreír de esa forma?,
¿Cuándo fue la última vez que sonreí con tanta honestidad?...

La gente se resiste a continuar,
Empecinados en su razón,
Resistentes al dolor,
Llámenlo cobardía o amor,
O falta de amor propio y de estima, a lo mejor,
La gente observará el retrovisor,
Y anhelará,
Se llenará de tal tristeza,
Que no podrá cambiar de configuración,
Que no podrá sonreír como lo hacía en fotografías…

La noche llegará y las preguntas inundarán su pensar,
Y el insomnio será más latente,
Una a una las imágenes de momentos perdidos llegarán,
Y ya no lograrán descansar,
comenzarán a anhelar,
soñarán despiertos,
No podrán evitar sonreír,
Y no podrán evitar la soledad,
Pensarán y pensarán,
Y desearán volver a escuchar las voces que les hacían sonreír.

CAMINAMOS

Caminamos paralelamente en esta vida,
Sin llegar a coincidir. A sentir...
O a darnos este amor que guardamos para los dos...

Caminamos desorientados,
Cada quien, por su vereda,
Sin voltear a ver a los demás,
Alejándonos de toda realidad…

Caminamos empecinados,
En aquello que consideramos nuestra verdad,
Encerrados en nuestra propia realidad,
Yo te seguí escribiendo,
Tú continuaste con tu andar,
Acelerado,
Con ganas de olvidarme…

Caminamos casi cercanos,
Tomados de las manos,
Pero en sentimientos tan alejados,
Tan distanciados,
En canales diferentes,
En caminos distantes…

Caminamos tan cerca,
Que tú aún me recuerdas,
Tan cerca,
Que aún me inspiro en tu corazón.
Caminamos…

Caminamos tan cercanos,

Que nos equivocamos,
Al darnos amor,
Caminamos tan cercanos,
Que aún duele tu adiós.

MI VOLUNTAD

En momentos de desesperación,
En aquellos segundos de duda,
Una luz me mostró el camino a seguir,
De pronto mi alma respondió,
Y en un suave latido como muestra de la vida,
Que aún me queda por luchar.

Encontré la fuerza entre mi debilidad,
La necesaria para continuar,
Para ponerme de pie y caminar,
Entre piedras y tierra, los primeros pasos intenté dar...
Me deslicé y, una vez más, el suelo mis rodillas tocaron.

No fue fácil, de rodillas y mi mirada hacia el cielo.
Las respuestas que busqué,
Y las señales que esperé, nunca aparecieron...
Abatido una vez más, en mi interior una fuerza despertó...
La llamaré voluntad, ella no me abandonó...
Ahondó en mi orgullo y me invitó a ponerme de pie y luchar...

Mi cerebro envió la orden a mi cuerpo,
Pero la razón me quiso detener...
Mi alma le dijo, déjanos continuar.
Me puse de pie y en el horizonte vi un camino sin final,
Di el primer paso y comencé a titubear...
Pero mi alma me iluminó,
Y en silencio ella exclamó...
Tienes que luchar hasta el final...

SUELO BUSCARTE

Suelo buscarte en mi interior,
Tomo el camino de la imaginación y de la creación,
Para tu rostro poder observar,
Y perderme un poco más.

Suelo imaginar que todo va bien,
Aunque en mi realidad se distorsione mi ser,
Aunque en esa realidad yo te llegue a perder y te alejes cada vez más.

Suelo callar y encerrarme en silencios,
Cuando yo desearía gritar,
Me mantengo en calma cuando quisiera explotar,
Me conservo estático,
Cuando desearía salir corriendo e irte a buscar.

Suelo encerrarme más en mí,
Y alejarme de ti,
Suelo crear y comenzar a soñar,
Suelo crear y a veces destruir,
Compongo una letra y descompongo mi ser,
Con cada proceso me enajeno cada vez más.

OCTUBRE Y SUS TARDES

Octubre está siendo más verano que otoño,
Esta tarde un atardecer cálido se percibe,
Las cuatro y treinta y yo te comienzo a extrañar,
Esta tarde de otoño veraniego,
Una capa gris inunda un cielo azul,
En el horizonte,
Nubes blancas liberan sus batallas,
En mi interior nace una lucha,
Una duda y todo cambió.

Las tardes de otoño,
En el pasado han quedado ya,
Este año el otoño,
Ha sido más verano que marzo,
Los cielos rojos,
Pasaron a ser cielos despejados,
La humedad se apoderó de esta ciudad,
La soledad ya se esfumó,
Y con esa despedida la melancolía dijo adiós.

Este otoño, parece que ya cambió,
Nos comienza a dejar,
El invierno comienza a coquetear,
Las temperaturas caen estrepitosamente,
Y al amanecer recobran fuerzas,
Y se sienten como en un verano de apogeo,
Este otoño no tuvo cielos rojos
Ni a quien extrañar,
No hubo rostros que plasmar,
Ni letras que llegan a impactar,
No hubo a quien añorar.

ILUSIONES

De golpe llego a despertar,
En aquella madrugada
Te llego a observar,
Yaces sentada en la orilla de la cama,
Tu mirada perdida en el vacío,
Coloco mi mano en tu hombro,
Y vuelves a la realidad…

Te pregunto,
¿Todo está bien?
Tú sólo asientes,
Y te marchas de la cama,
Yo vuelvo y caigo preso del sueño,
Los primeros rayos del sol,
Inundan aquella habitación,
Y yo me comienzo a incorporar,
Noto tu ausencia.

E inmediatamente,
Yo caigo en razón,
Que era un sueño muy vívido,
Que una vez más estuviste,
Y te tuviste que marchar,
Siempre puntual,
Sin entender de razones,
Sólo llegas y te vas.

DECISIONES

Hay momentos o decisiones que marcan nuestras vidas y que cambian tu destino,

Decisiones y momentos que te siguen por tu andar,

Que se vuelven parte de tu actuar,

Son ese equipaje extra que toca cargar,

Ese que en los días y noches de pensar se convierten en un fantasma y te ponen a dudar,

Y es realmente frustrante el pensar y sobre pensar,

Crear mundos donde no tomas esa decisión y toda tu vida sigue normal,

Es realmente triste pensar que con esos momentos has llegado a defraudar

A un sin fin de personas que en ti llegaron a confiar.

Esos momentos que no te dejan descansar y se apoderan de tu pensar,

Que ocupan tu espacio y se apoderan de tu manera de actuar

Que reemplazan tus logros, por momentos de suma soledad.

Porque es triste fracasar, pero más triste es decepcionar a los demás.

Es por eso, que el tiempo se convierte en el mejor maestro,

Pero ese tiempo que paso ya no vuelve más,

Es por eso, que hay que meditar,

Porque en un instante toda tu existencia se puede tambalear,

Ya que en un instante te puedes decepcionar

Y hacerte dudar de tu manera de actuar,

Y sobre todo puedes lastimar a los que más amas.

Así es el fracaso y la decepción,

Te mantienen en las madrugadas sin conciliar el sueño,

La misma frustración arranca todo signo de vitalidad,

Y lo convierte en tu mayor frustración,

Es por eso, que el tiempo se va, pero no vuelve más...

Las lecciones quedarán para cuando la vida te ofrezca la misma situación,

No vuelvas a errar en tu forma de actuar,

Para que las decisiones sean las más adecuadas y no seas preso de lo que no fue.

CAMINOS

Caminos se separan, otros se acercan,
Nunca sabemos dónde vamos a terminar,
Y a punto estaba de caer abatido en soledad,
cuando apareciste en mí caminar.
Cambiando mi manera de pensar y hasta mi manera de amar...

No recuerdo mi mundo antes de tu aparición,
No hay un recuerdo que me pueda atrapar...
Marcaste un antes y un después en mí interior,
Y no recuerdo la vida antes de tu llegada,
En mi ser no hay rastros de lo que solía ser...

El pasado en caminos recorridos quedó,
En este nuevo andar,
La fe inunda y reboza en mi ser,
La ilusión se encuentra día a día,
A cada despertar,
Tu sonrisa me llega a acompañar,
En este camino,
Las dudas han quedado atrás,
En este camino,
El amor es el norte que debo tomar.

ANTES DE TI…

Llevaba una vida rodeada de placer,
Carente de un verdadero sentir,
Sin rumbo fijo transitaba,
Anhelando otro ser, escondiendo mi sentir,
Aquel cuerpo que se fue para no volver,
Tan carente de fe,
Resaltando defectos,
Vivía de un ayer,
Y de lo que pudo ser,
Anhelaba tu amor,
Me rodeaba de placer…

Y llenaba mi alma de mentiras,
Para conseguir continuar,
Para olvidarme un segundo de tu ser,
Negando mi propio existir,
Y mintiendo para prevalecer,
Dando a cuentagotas mi amor,
Para olvidarte,
Y no sé qué otra cosa pueda hacer.

EL SON DE NUESTRA CANCIÓN

Bajo aquella melodía,

Todo comenzó,

Tú marcaste el son de mi corazón,

Mis ojos que seguían el compás de tus caderas,

Aquella noche todo cambió,

Sin darnos cuenta,

Bailábamos aquella melodía,

Aquella canción de amor,

La que selló nuestra pasión,

La cual marcó nuestra historia de amor,

Esa noche todo conspiró a nuestro favor,

De alguna manera todo se alineó,

De una forma el destino se decantó por tú y yo…

Tú me entregaste el corazón,

Y logramos sellarlo al rozar nuestros labios por primera vez,

El cual estremeció nuestro interior,

El cual removió todo temor,

Bailando aquella canción,

Nuestra canción.

PRIMERAS IMPRESIONES

Todo de alguna manera mejoró,
Recuerdo nuestra primera cita,
Y como todo conspiró,
Encontré algo bueno,
Y por un momento todo encajó,
Tu sonrisa en mi alma grabada quedó,
Eras como la pieza que le hacía falta a mi corazón,
Aquella noche de alegría,
Aunque en el exterior llovía…

El cielo caía sobre nosotros y no nos importaba,
Mientras sonaba aquella canción,
Que tomé como inspiración,
Viendo la lluvia caer,
Y de camino a tu casa,
Yo conducía y tú tomabas mi mano,
Los dos nos buscábamos, nos anhelábamos,
Yo buscando que decir,
Yo no te quería dejar ir…

Sin darnos cuenta cómo comenzamos,
Nos besamos,
Sellando la conspiración,
Y nuestra pasión,
Bajo aquella lluvia,
Bajo aquel cielo que se desplomaba encima,
Todo inició,
Y de cierta forma recordándolo
No pudo ser mejor.

TODO CAMBIA CONTIGO

Todo llega a cambiar,

Cuando tú susurras a mi oído, que me amas,

Todo mejora cuando tomo tu mano,

Y conversamos al caminar…

Cuando perdemos toda noción,

Y sólo existe un "tú y yo",

Cuando comienzo a susurrar te quiero aquí,

O no te alejes más,

Todo es mejor…

Al oír tu voz decir: ¡Mi amor!

Cuando la brisa de tu amor llega y se apodera de mí,

Cuando te adentras en mi ser….

Y no te importan mis defectos,

Cuando los comprendes todo es mejor,

Cuando nos soñamos y nos besamos,

Todo es mejor,

Cuando hacemos crecer este amor.

MI DICHA

Soy dichoso porque cuento con tu amor,
Porque al apretar tu mano yo siento tu bondad,
Me brindas esa paz necesaria para caminar,
La luz en tiempos de oscuridad,
Iluminas mi ser, y me das la inspiración para yo poder crear…

Tengo la dicha de tu amor,
Y las dudas se han marchado ya
Los fantasmas de un pasado,
Se comienzan a marchitar,
Porque soy tan dichoso de tenerte a mi lado
Que a nada le puedo temer ya…

¿Qué me podría faltar?
Si te tengo en mí caminar,
Si eres fuente de infinita paz,
Si en ti encontré las fuerzas que necesito para este camino recorrer,
Si en ti encontré todo un mundo de sorpresas,
Si me enamoré de cada faceta de tu personalidad…

Si me enamoré de tu sonrisa,
De tus sueños y de tu voz,
¿Qué más podría pedir yo?
Si soy dichoso porque cuento con tu amor.

INJUSTICIAS DE LA VIDA

La vida no es justa, y nunca lo será...
Y es allí donde radica la esencia,
La veracidad de tu actuar,
De mantener la línea de tu moral,
No importa la justicia o injusticia,
La vida no es justa,
Pero se tiene que continuar…

Se tiene que vivir,
Confiar en que, aunque no sea justa,
De vez en cuando nos sonreirá,
O todo marchara bien,
Y solo es cuestión de confiar, de luchar
Y de soñar...
Soñar con un mundo más justo para los demás…

Para ti mismo,
Para ser más justos en el interior
A pesar de la adversidad,
La vida no es justa y, aunque no lo sea,
Mantente pleno en tu vivir,
Recarga tus ganas de continuar,
Y todo mejorará…

Porque, aunque la vida no sea justa,
Hay que ser felices, vivirla y continuar,
Con la esperanza y la fe intactas,
Con la noción ciega de que, aunque oscura la situación que sea,
Eventualmente llegará el anhelado amanecer…

Porque, aunque la vida no sea justa,

Debemos hacerla justa para los demás,

Ayudar al prójimo a continuar,

Ser los oídos de las personas que quieren hablar,

Ser los consejos de las personas que lo necesitan,

Ser las manos de las personas que no puedan sentir,

Ya que la vida no será justa,

Pero de nosotros dependerá,

Hacer valer la estancia en este lugar.

ENTRÉGAME

Entrégame tu soledad,
Y yo la convertiré en versos de amor,
Dame tormentas y me encargaré de brindarte paz,
Entrega tus defectos, y en bondades los convertiré,
Entrega tus males y los convertiré en felicidad…

Dame soledad, dame inspiración,
Entrégame tu sonrisa y un instante más,
Yo te invitaré a soñar,
Yo te haré imaginar, y entre letras, volar,
Inventaré un mundo para ti,
Lleno de felicidad,
Lleno del amor que anhela tu ser,
Dame tu soledad, que anhelo todo tu ser,
Que anhelo todo de ti,
Dame tus defectos,
Que para mí son tus mejores rasgos de diferenciación,
Dame tus males y tus miedos,
Los convertiré en esperanza,
Y te brindaré parte de mi ser…

Te brindaré todo lo que sé,
Dame todo de ti,
Yo lo trabajaré para juntos crear una mejor versión de ti,
Para crear y soñar,
Para invitarte a amar,
Y por supuesto a creer,

TÚ ROSTRO

Tu rostro como el cielo azul,
Me brinda paz,
Me brinda inspiración,
Tú, como el cielo que he añorado,
Como el abrazo que he extrañado,
Tu calor, que del frío me ha salvado,
Eres lo mejor que tocó este corazón…

Toda mi creación tiene como destino tu amor,
Toda la poesía,
Mis sueños y mi amor te pertenecen a ti,
Porque tu rostro es un cielo,
Y tu cuerpo todo un universo,
Tu cuerpo que me vuelve loco,
Tu interior un universo que quiero explorar…

Tu rostro que hoy quiero besar,
Esa sonrisa que en tu rostro se ve espectacular,
Y esa forma tan peculiar de amarme,
Esa sonrisa y su forma de inspirarme,
Es la que me tiene creando versos para ti,
Para alojar tu corazón,
Para esta noche entregar lo mejor de mí.

CUANDO TE PIENSO

Cuando te llego a pensar;
Me robas la tranquilidad,
Despierto de mi soñar,
Y te comienzo a imaginar,
Y a anhelar,

Comienzo a crear,
Y a rimar,
Comienzo a volar,
Y caigo en tu soñar,
Me alojo cerca de tus labios,
Los quiero besar,
Y comienzo a crear,
Comienzo a imaginar,
Para despertar,
Para inspirarme en un poema más,
Para amarte un poco más,
Y extrañarte cada vez más…

Cuando te llego a pensar,
Cuando te llego a amar…
Cuando te llego a pensar,
Pones la tranquilidad,
Y la inspiración que necesito para volar,
Cuando te llego a pensar,
Detienes el mundo,
Y me llegas a enloquecer,
Con tu presencia en mí pensar,
Y sé que todo, eventualmente mejorará.

TU FOTOGRAFÍA

Buscando canciones que me lleguen a inspirar,

Llego a tu fotografía,

Y una sonrisa arrancaste ya,

Entre suspiros,

Yo comienzo a crear,

Entre suspiros,

Los versos se entrelazan,

Con un solo destino,

Llegar a tu corazón,

Con un solo propósito,

El de alterar tu respirar…

Creo y creo,

Y un libro en tu honor he escrito,

Y tus fotografías perdurarán,

Al igual que el deseo,

Y los recuerdos,

Que llegas a regalar,

Igual que los sentimientos,

Que tú llegas a despertar…

Buscando fotografías,

Me encontré a mí mismo,

Siendo feliz junto a ti,

Encontré fotografías que apreté a mi pecho,

Y que plasmé en honor a ti,

Por esos tiempos que viví junto a ti,

Por esos tiempos que hoy me permiten volar hasta ti…

UN NUEVO AMANECER

Siempre llega un nuevo amanecer,
Cuando la tormenta arrecia y parece que desaparecerá cualquier lugar,
llega la calma y el cielo se comienza a despejar,
Cuando más oscura sea la noche, más cerca se encuentra el anhelado amanecer,
Cuando tu vida parezca un caos, llegará alguien y le dará tranquilidad,
Te brindará la pausa, para retomar fuerzas y continuar con aquel luchar…

Porque siempre llega un nuevo amanecer,
Siempre aparece una chispa que todo lo llega a cambiar,
Siempre llega aquel pequeño rayo de luz,
Que es capaz de iluminar hasta la más espesa oscuridad...

Siempre amanece, sólo espera un poco más
Y aguanta los embates de esta vida,
Y te prometo que todo será felicidad,
Y te prometo que aquellos tiempos oscuros
Sólo serán enseñanzas que te servirán,
Solo serán memorias que te servirán para crecer,
Sólo serán anécdotas que tú transmitirás,
Para que nadie lo vuelva a experimentar…

Porque siempre amanecerá, y un día todo sufrimiento acabará,
Porque verás el amanecer lleno de más felicidad,
Te tomarás el tiempo para apreciar todo lo que te llega a rodear,
Te tomarás el tiempo de agradecer, que todo haya pasado y que te mantengas Con la misma fe que necesitaste para continuar…

Dibujarás paisajes y lo regalarás,
Sembrarás flores y las regalarás,
Cuando te encuentres más lleno de felicidad,
Tu trabajo será transmitirlas a los demás,

Brindar las esperanzas que te faltaron,

Cuando llegue el nuevo amanecer,

Tu sonrisa recuperarás,

Y sólo darás gracias por poder continuar,

Y por el aprendizaje que llegó a ti,

Cuando llegue ese nuevo amanecer,

Te inspirarás y compondrás.

Y corazones tocarás.

SUEÑO DESPIERTO

Lo fácil que nos resulta soñar despierto,
Fantasear y modificar la realidad,
Lo sencillo que es alejarnos y pensar
En lo bonito que sería la vida que imaginamos,
Aquella vida que pensamos merecer…

Sin suponer y tomar en cuenta que las cosas pueden y van a fallar,
Qué fácil nos resulta alejarnos de todos y aunque estemos acompañados,
Ser egoístas y viajar entre pensamientos,
Y sólo afirmar y perdernos entre conversaciones,
Todo para imaginar,
Para liberar pensamientos y anhelos reprimidos…

Qué fácil sería la vida si fuese como la imaginamos,
Si todo lo que anhelamos se convirtiera en realidad,
No caeríamos, no nos levantaríamos y no aprenderíamos,
Pero ¿quién necesitaría aprender?,
Si lo que desea es no fallar,

¿Quién no sacrificaría la realidad?
Sólo por soñar. Volar,
Y que en su vida abundase nada más que la felicidad,
Por convertir en realidad aquellos viajes,
Que le llevan de pensamiento en pensamiento,
¿A quién no le gustaría soñar despierto una vez más?
Fantasear y transformar nuestro entorno en un mejor lugar,
Lo fácil que nos resulta soñar…
Y lo difícil que se vuelve luchar por cumplir ese soñar,
Lo difícil que nos resulta sacrificar nuestra comodidad,
Por lo que imaginamos,
Por aquello que nuestra alma anhela más,

Lo difícil que será razonar en ese dilema
Que atormenta nuestra forma de actuar y de luchar…

Lo bonito que es imaginar y lo difícil que será hacerlo realidad,
Lo difícil que resulta abandonar nuestra zona de confort
Y luchar por lo que dicta nuestro corazón,
Sin importar lo que dirán, lo que pensarán los demás,
Sin importar si sólo conseguimos fracasar.

DÍA ANHELADO

Llegará el día anhelado,

Donde desbordarás emoción,

Donde la alegría desbordará el llanto de tu ser,

Donde la frustración se verá liberada,

Y una ilusión realizada,

Ese día culminará toda zozobra,

Todo espíritu de negatividad se desprenderá de tu ser...

Llegará el día menos pensado,

El día menos esperado,

Donde despertarás del sueño a la realidad,

De soñoliento a despierto,

Y la sensación de todo tu cuerpo cambiará,

Cuando llegue el día más esperado,

Saltarás, llorarás y reirías,

Darás gracias porque al fin lograste terminar de soñar,

Darás gracias por aprender y continuarás,

Anhelando más días así...

Las estrellas bailarán al son de la canción más feliz,

Las estrellas se alinearán y el cielo se despejará,

En ese se proyectará toda tu historia,

Tus frustraciones y tus tristezas,

Cuando llegue ese día anhelado,

En el cielo se proyectará el final que tú deseaste,

En él verás reflejada toda tu felicidad.

OCASIONES

En ocasiones me rodea la soledad,

La incertidumbre me llega a visitar,

La duda asalta mi actuar,

Y el miedo me impide soñar,

La tristeza opaca a la felicidad,

La luz se vuelve tenue,

Y el gris comienza a ganar lugar…

Dudo de mi ser,

Yo dudo de mi capacidad,

No confió en mi ser,

Cuando me encierro en aquel lugar,

Cuando me lanzo al mar de la soledad…

En ocasiones tu rostro me llega a visitar,

E ilumina cualquier lugar,

Tu calidez inunda mi ser,

Me brindas el valor para soñar y para volar,

Contigo vuelvo a crear,

Y todo llega a mejorar,

La tormenta se vuelve paz,

Me brindas la fuerza y aquella fe,

Me entregas tu calor,

Me llenas de color,

Me brindas tanto que vuelvo a ser yo,

Quitas y aportas creación,

Cuando te conviertes en mi inspiración.

EMOCIONAL, RACIONAL.

Actúo por instinto,

En ocasiones por vanidad,

A veces no logro ganar,

Sólo consigo dudar,

En mi vida pienso,

Y me detengo de aquel caminar,

Sólo para reflexionar,

Darme cuenta de que estancado estoy,

Sin siquiera comenzar,

Los planes los ahogo en mí pensar,

Una bola de nieve de pensamientos,

Me llegan a nublar,

En esa bola de nieve entierro toda gana de actuar,

No sé cómo avanzar,

Si siento y me pongo a pensar,

Tengo que ser racional o emocional…

Cuando sobre pienso,

Aumentan las probabilidades de fallar,

Y cuando fracaso,

Desearía ser menos racional y dejarme llevar,

Ya que de tanto pensar,

Nada bueno me queda al final,

Y aquí me encuentro una vez más,

Siendo más racional,

Cohibiendo mi actuar,

Escribiendo una noche más,

Pensando y sin saber cómo actuar.

¿CÓMO ACTUAR?

¿Cómo decir lo que siento?
Si no sé cómo sentirme al respecto,
Si me abrumo en el intento,
Hay una capa densa en mi interior,
Que no me deja ver lo que soy,
Un estructurado laberinto;
En el que me adentro y me pierdo como hoy...

Atorado y desconcertado,
No sé ni quien soy,
No sé lo que quiero,
O lo que sueño,
Abrumado y asombrado,
Por el daño que causo a los demás...

Soy causalidad de soledad,
Soy causalidad en su inseguridad,
Es mi manera de actuar, acaso,
Es que ni sé que más pensar,
¿Cómo actuar?,
Si sólo sé fracasar.

SI ME PROMETES

Si tú me prometes que tu retorno será al final de la primavera,
Yo te prometo crear un lugar para dos,
Continuar escribiendo con la misma pasión,
Prometo robarle el último suspiro al día,
Y regalártelo como prueba de este amor,
Soñarte noche y día,
Prometo amarte por lo que resta de la eternidad…

Si tú me prometes que regresaras,
Mis sueños para ti serán,
Creare cientos de versos sobre este amor,
Retratare aquel beso que nos diga aquí estoy,
Si tú me prometes volver,
Me encargaré de hacerte nada más que feliz,
De hacerte sentir como la única mujer de mí existir…

Si prometes que llegarás muriendo el atardecer,
Tiernamente te tomaré por los brazos,
Y te abrazaré y te besaré,
Te susurraré: ¡gracias por volver!,
Gracias. Yo te amaré,
Y no te soltaré…

Si tú prometes que vas a volver,
Yo te esperaré,
Y guardaré este amor sólo para ti,
Si me prometes que vas a volver,
En mi corazón te atesoraré,
Y pacientemente me sentaré,
Pacientemente aguardaré,
Como faro en la costa,

Mi poesía será el camino,

Que te traiga de regreso a mí...

Si me prometes que vas a volver,

Yo te amaré y no me arrepentiré,

Y con un beso en tu frente sabré que no te vas a marchar,

Con un beso en la frente,

Yo sabré que esto es realidad,

Y que la felicidad inundó este lugar.

Si tú me prometes,

Aferrado quedaré a tu corazón.

CUERPOS SIN ALMA

Hay cuerpos sin almas,
Sueños sin esperanzas,
Sombras que rodean cuartos,
Sombras que atormentan lo que eres,
Hay días grises,
Que varían tu caminar,
Y que te hacen dudar…

Hay fantasmas que merodean tu pensar,
Fantasmas que te inhiben de amar,
Armas que pueden matar,
Pero hay palabras más poderosas que las armas,
Y consiguen hacer difícil tu respirar,
Ellas te destrozan y te humillan,
Degradan tu ser y marcan tu caminar,
Esas palabras cohíben tu actuar…

Hay cuerpos sin almas,
Y almas sin sueños ni anhelos,
Personas sin fuerzas,
Personas sin ganas de amar,
Sin ganas de arriesgar,
Por miedo al qué dirán,
Por un miedo a fallar…

Hay almas que deambulan sin guía espiritual,
Personas incapaces de sentir,
Que Sólo se dedican a caminar,
Sin sentido,
Sin cuestionar su actuar…

Los cuerpos sin alma se comienzan a multiplicar,
Las almas sin esencia propia
Se comienzan a propagar,
Sólo somos caparazones en una era,
Sin capacidad de sentir o de amar,
Sin ganas de trascender,
Sólo somos almas sin sueños,
Y personas sin ganas de querer…

Hay personas que no quieren continuar,
Personas sin alma,
Jugando a amar,
Personas sin alma,
En un mundo sin razón de ser,
Personas sin alma,
Deambulando. Sin saber que quieren hacer,
Personas sin alma
Y sin razón de ser.

ESPERANZA EN UN CIELO GRIS

En el fondo de aquella pequeña habitación,
En aquel rincón me encuentro yo,
En el horizonte logro divisar,
Aquel cielo gris con una alta humedad,
Y con personas ajenas a mi afinidad,
Aislado de toda realidad…

En aquel rincón,
Se confrontan los egos,
Una lucha de gigantes,
Bajo aquella inmensidad gris,
Me retraigo a mi interior,
Como medida de protección,
Donde encuentro seguridad,
Rodeado de mis inseguridades…

Volteo al exterior,
Un pequeño vistazo de lo que me pierdo,
Y diviso un cielo desolador,
Un cielo tan gris con amenazas de precipitación,
Con amenazas,
Que, dentro de poco serán realidad,

Amenazas. Una amenaza más,
Las gotas en los techos comienzan a sonar,
Con ella la soledad se apodera de ese lugar,
El sonido de cada gota,
Lo escucho resonar,
En lo más profundo de mi ser,
Una brisa fría invade aquella desolada habitación
Entro en un trance,

Y como puedo volteo a ver el horizonte una vez más…

Tu rostro se dibuja entre el cielo gris,
Y me ofrece esperanza,
La desolación se comienza a disipar,
Se comienza a alejar de mi pensar,
En mi ser la esperanza comienza a florecer,
Y con aquel acto mágico,
Un arcoíris se comienza a dibujar entre el cielo gris…

Los primeros rayos de aquel sol,
Penetran aquella habitación,
Y demuestran la esperanza,
Aquel mágico acto presenciado,
Después de una tormenta,
Acto que se dio gracias a la visita de tu ser.

TE DI TANTO

Te di todo lo que tuve y hasta más.
Quizás te di tanto que quedé en deuda conmigo mismo,
Te di más de lo que mereciste o de lo que quisiste,
Tal vez fui sólo un escalón al que no te importó pisar…

Tal vez sólo fui alguien más,
Uno más en tu lista de desamores…
Tal vez solo fui de todos,
El que más fe tuvo en ti,
Y aun así no supiste ver a través de mí,
Como yo vi a través de ti…

Quizá fui el peor de todos,
Pero el más sincero en querer,
Quizás soporté y cargué todos tus defectos,
Y quizá tú te asustaste al ver lo imperfecto que llegaba a ser,
Quizás en realidad sí fui el peor,
Pero soy quien te quiso bien…

Te di tanto que me perdí y te perdí,
Aunque no te pude perder, si nunca te llegué a poseer,
Si sólo fui uno más al que no te importo abandonar,
Si sólo fui alguien más que llegó y se fue,
Si sólo fui yo al que no te importó desechar,
Y ahora vienes diciendo que fui diferente a los demás…

Sin recordar que me abandonaste y acusaste de fallar,
Sin darte cuenta de que la culpable de esta historia y de su final,
Fuiste tú, sin darte cuenta de que, con cada acción,
Me hacías dudar de tu lealtad,
Sin darte cuenta de que yo fui lo mejor que te pudo pasar,

Sin darme cuenta de lo equivocada que estabas,
Acepté cada petición,
Empeñé este amor,
Y hoy pago los intereses de tu adiós…

Aún quedo en deuda con mi corazón,
Que en cierta manera se entregó a aquella ilusión,
La ilusión de envejecer juntos los dos,
Y tal vez nunca le pueda pagar a mi corazón,
Pero nunca pretendas regresar,
Y fingir que todo está bien,
Que nada cambió,
No pretendas llegar…

Y reprocharme,
Porque nunca te fui a buscar,
No reproches mi manera de actuar,
Y nunca dudes de mi manera de amar.

PENSAMIENTOS EN NOCHE DE LLUVIA

Me dejo caer en mi cama,
Recostado, los pensamientos se acumulan,
Ellos no me dejan crear,
Recuerdo, tras recuerdo,
Y yo sólo los comienzo a seleccionar,
Como escogiendo mi dosis letal,
La que hará que el insomnio me venga a acompañar…

Recostado, escucho la lluvia caer,
Una cierta brisa me comienza a recorrer,
Este cuarto se comienza a encoger
Y este cuerpo le queda pequeño a mí sentir,
Y a mi forma de amar,
Este cuerpo es pequeño para mi forma de soñar…

Me recuesto, y quiero descansar,
Pero los pensamientos no me dejan estacionar,
Me hacen volar y me hacen soñar despierto,
Me hacen añorarte un poco más,
Y así te llego a extrañar,
Y así busco un sentido a lo que vendrá,
A mi pasado… Que no regresará…

Y así comienzo a sobreactuar,
Queriendo anticiparme a lo que vendrá,
Para prepararme antes de fracasar,
Y así me olvido de vivir y de sentir…
Por tanto, pensar,
Y por dejar de caminar,
Tropiezo, y no aprendo,
Un ciclo interminable,
Casi un círculo vicioso de mi ser…

Y concluyó que es bueno pensar,
Que es bueno imaginar,
Que es bueno soñar,
Y que tan perfecto es luchar,
Pero esta noche en la que la lluvia cae,
Lo mejor es descansar.

SUSPIROS DEL DÍA

Yo le robaría el último suspiro al día,
Y te lo entregaría como prueba de este amor,
Te soñaría noche y día,
Y te amaría por una eternidad,
Si me prometes que volverás,
Conservare cada una de nuestras fotografías,
Y coleccionaré cada atardecer,
Hasta el día que nos volvamos a encontrar…

Si prometes que volverás,
Compondré aquella mágica canción,
De *Sol* a *Re*, el piano nos dará una balada,
La oscuridad se volverá claridad,
Cuando por la cintura te tome,
Y te comience a besar,
Al son de aquella canción,
Sellaremos con pasión,
Este mágico momento…

Porque cada día sería diferente a los demás,
Y así sería hasta la eternidad,
Te amaría y te desearía,
Si te quedaras junto a mí,
Envejeceríamos
Y a nuestros nietos, esta historia contarían…

Y demostraríamos al mundo,
Lo equivocado que estaban,
Y demostraríamos que este amor,
Es imposible de callar,
Y de encontrarle un final,
A la inspiración que brota de mi ser,

Al imaginar tu rostro,
Porque es imposible fallar,
Sabiendo que aquí estás ...

Porque es imposible poner un punto final,
A nuestro sentir,
Si nuestros latidos se sincronizan,
Y la palabra "amor",
Queda corta cuando estamos juntos,
Porque robaría el último suspiro,
Solo para demostrarte,
Todo el amor que guarda mi corazón,
Para demostrar el amor que tiene para ofrecer,
Este humilde corazón.

ME CANSÉ

Me cansé de mí,
Me cansé de esperar tanto de ti,
De tu indiferencia,
Y de mi manera de afrontar los hechos,
No nos brindamos solución,
Fuimos piezas de un rompecabezas
Que en pedazos nos rompió…

Un escalón o tal vez nada. Qué sé yo,
Te cansaste de mí y de mi explosión,
Yo me cansé de ti y de tu pretensión,
De tu absurda manera de confrontar los hechos,
Simplemente me cansé de que esperaras tanto de mí…

Me cansé de aislarme y de hacerme sentir mal,
Me cansé de rogar que te quedarás un instante más,
Tú te cansaste de mi fallar,
De mi forma de disculparme ante cada situación,
Te cansaste de mi frustración y de mi corazón…

Y hasta en el último momento tú provocaste dolor,
Heriste a mi corazón,
Con palabras que calaron por todo mi interior,
Me canse de ti,
Y tú te cansaste de mí.

INCAPACIDAD

Hay cierta incapacidad en mí,
La cual me impide decir lo que realmente siento,
En los momentos claves guardo silencio y pierdo,
En momentos de sumo estrés,
La calma se apodera de mí,
En momentos de calma,
Se apodera de mi pensar...

Hay una capacidad destructiva,
En mi forma de expresar mi sentir,
Los filtros se eliminan,
Y hiero sin querer,
A veces también siento sin sentir,
Deambulo sin rumbo,
Me rijo en mí pensar,
Aunque en ocasiones me falle,
Y termine aferrado con la soledad...

Poseo una parte racional,
Escondo mi parte sentimental,
Me cohíbo y no llego a sentir,
Proyecto alguna imagen,
Pero inundado en sentimientos estoy,
Floto en mi interior,
En el exterior me hundo ante el mundo,
Y me repito esto tiene que cambiar,
Y en ese afán de cambiar,
Me tropiezo con mis miedos,
Me tropiezo con mis incapacidades,
Y todo vuelve a comenzar...

Y comienzo con una madeja,
Tratando de desenredarla,
Tratando de descifrarla,
Tratando de cambiar,
Esta actitud,
Esta personalidad,
Me acostumbro y continúo,
Sin nada más que importar.

¿QUIÉN ES ELLA?

Ella nació en un municipio de la zona sur,
Donde la marea sube después de las tres de la tarde,
Y besa aquella costa que colinda con aquel vasto océano pacífico,
En aquella misma costa en la que el sol muere luego de las cinco,
Nació en un día del mes de diciembre de aquel año noventa y uno,
Nació bajo el signo de sagitario,
Lo que explica el idealismo de sus palabras,
Las interminables risas que se apoderaban en nuestras tardes,
Su madre, una fanática de la lectura,
La bautizó con el nombre de su novela favorita,
Y aquí la comienzo a imaginar,
Me formo una historia de su caminar,
Y de la travesía que puedo haber sido su vida…

Me la imagino jugando alegre,
Y contagiando a los demás con su sonrisa,
Me la imagino siendo humilde aún con su inteligencia,
Recibiendo halagos. Ya lo puedo imaginar soñando y anhelando…
Y la puedo ver a través de mis ojos, recorriendo aquellas playas,
Sentándose junto al mar y viendo aquel atardecer,
Viendo como muere el día una y otra vez…

Capturando para sí misma los diferentes matices de rojo,
De aquel singular acto de desaparición,
Ella tiene unos ojos color avellana,
En los que te llegas a perder,
Esos ojos en los que todo el mundo llega a naufragar,
Esos ojos que ni el mejor pintor sería capaz de retratar,
Una forma de ser, que te dan ganas de no dormir,
Cada historia que ella contaba,
Me hacía viajar. Me hacía anhelar…

Sin saber cómo coincidimos y cómo conectamos,
Lo consideraría una incógnita sin responder,
Apasionada y misteriosa,
Como lo es cada mujer,
Ella así es. O así la conocí,
Apasionada por el arte,
Despreocupada del que dirán,
Enfocada en vivir y ser feliz,
La conocí sonriendo y así la guardo aquí…

Así te recuerdo, y te recordaré,
Como una mujer misteriosa y muy feliz,
Anhelando tus sueños cumplir,
Y sobre todo procurando la felicidad de los demás,
Desprendida de sí misma,
Preocupada por los demás y su bienestar.

PROMESA INCUMPLIDA

Necesitado de calor me encontraba,
Hacía ya un tiempo que inundado en soledad estaba,
Hacía un tiempo ya y parecía que no ibas a regresar,
Así que rompí aquel solemne pacto que había entre tú y yo,
Rompí aquella promesa que hice el día de tu adiós,
Y no creas que busco justificar la forma en que yo actué,
Sólo seguí lo que me indicaba el corazón,
Sólo seguí las instrucciones implícitas en tu partida,
No justifico lo que hice,
Sólo me encontraba asustado,
Y me lancé los brazos de alguien más,
Deseando que me quitara esas noches frías,
Que arrancara de mi piel todas tus caricias...

No justifico mi partida,
Partida después de tu huida,
Después de meses esperándote.
Te escribo informándote,
Que seguí rumbo a otra ruta,
No la planeada ni pensada,
Sólo te informo que me he movido,
Desplazado por tu adiós...

Necesitado de calor estaba,
Y ella me brindó calor y mucho más,
Acostumbrado a la soledad estaba,
Te informo que mal la pasaba,
Esperando tu regreso los días pasaban,
Y tú no aparecías,
Días y días,
Y me lancé sin pensarlo,

Y rompí lo prometido,
Quebranté mi juramento,
Aquel juramento,
En el día de tu triste partida.

LLEGA EL OTOÑO

En abril la inspiración floreció,
En mayo vino la revelación,
Jugando al amor yo perdí,
Y me alejé de escribir,
Con el equinoccio de verano,
La revelación se presentó ante mí,
Y de esa forma me lancé tras de ti,
Para darme cuenta de que otra vez había perdido…

En junio todo pintó para mal,
Entre el sol y la lluvia,
Tu recuerdo se fue de mí,
Y tú te marchaste con el adiós de la primavera,
Sin siquiera mirar atrás,
Un día decidiste y dijiste, ¡ya no más!,
Te marchaste sin decir adiós,
Sin alguna explicación…

En julio el verano se presentó,
Y hoy yo estoy aquí,
Recolectando piezas que dejaste en tu adiós,
Uniéndolas. Creando para ti,
Noche tras noche buscando un camino,
Construyéndolo con letras,
Noche tras noche veo el cielo,
Sin encontrar respuestas a tu partida,
Se acerca el otoño y con él la soledad,
La brisa de no estar junto a ti.

OTRA TARDE GRIS

Esta tarde gris,

Se ve invadida por una suave brisa,

Pero no una brisa de verano,

Es el otoño empujando,

Es la soledad que viene a visitar,

Entre todos estos pinares,

La brisa se llega a sentir más,

Como cala entre mis huesos,

Y cómo entra sigilosamente,

Hasta alojarse bajo mi piel,

Una densa capa opaca el atardecer,

Son las cinco de la tarde,

Y la luz se perdió desde las tres,

Todo rastro de vida con la lluvia se marchó,

Todo ser viviente parece que se refugió,

La única luz que ilumina este entorno,

Es la producida por un relámpago atroz,

Esta tarde gris,

Me acompañó la soledad,

Con una brisa que me hace extrañar,

Con unos pinares que bailan,

Y que bailaron al ritmo de los vientos,

Son las siete de la noche y no hay rastro de electricidad,

Podría llegar a empeorar,

O tu recuerdo me vendrá a rescatar,

Tic tac, avanza el reloj,

Y yo observo fijamente el exterior,

Descuidando mi interior,

Tic tac, sin electricidad,

Con una brisa incesante afuera,

Y mi alma que no da más,
Y mi alma que lo único que hace,
Es extrañarte cada vez más,
En esta noche gris que se volvió roja y oscura,
Desde las tres para mi cordura.

AYER

Ayer. Ayer era feliz,
Mi vida transcurría con normalidad,
Ayer la vida sonreía,
Yo fallaba y cargaba con cada error,
Ayer la madurez me faltaba,
Rodaba y caía,
Ayer era feliz,
Porque estabas tú conmigo…

Ayer te fuiste sin decir adiós,
Y yo juré que te iba a olvidar,
Juraste nunca volver,
Hoy me encuentro aquí escribiendo,
Pensando y sufriendo por ti,
Y ayer… También ayer.

DISTANCIA CRECIENTE

Hay cierta frialdad en mí,
Hay cierto desinterés,
Cuando mi mano roza con la tuya,
Hay cierta incomodidad,
En el futuro que se llega a presentar,
Hay cierta inconformidad,
En mi manera de pensar,
No encuentro equilibrio,
No encuentro paz…

Me refugio en mis inseguridades,
Me refugio en mis recuerdos,
Añorando un ayer desperdicio mi presente,
Hay cierta frialdad en mi manera de amar,
Hay cierta frialdad en mi manera de mirar,
En transmitir mi pensar.

OPORTUNIDADES

Toque muchas puertas,
Y nunca contestaron,
Abrí algunas de ellas,
Eran callejones sin salida,
Esperanzas. Expectativas,
Que posiblemente no se iba a cumplir,
Expectativas que no iba a satisfacer,
Toque tantas puertas,
Que la fe perdí…

De mi capacidad dudé,
Dude de mi ser
De mi manera de soñar,
Y de esta capacidad para crear,
Toque muchas puertas,
Y me deprimí,
Buscando una sola oportunidad,
Para demostrar todo lo que soy,
Si sólo confían en mí.

¿DESPARECERÁS?

Busco soterrarte en mí pensar,

Ahogar mi mente cuando tu recuerdo,

Se llega a posar en mis noches,

Noches de nunca acabar,

Letra por letra y sin el resultado esperado,

Lucho contra tu ausencia,

Y mis impulsos por salirte a buscar,

Lo acepto, te he llegado a odiar,

Y apareces con más intensidad,

No le encuentro solución a esta situación,

No encuentro respuestas a este dilema,

¿Te busco o convivo con mi culpabilidad?

¿Me dejarás en paz?

¿Algún día desaparecerás?

CREÍA

Creía saber todo,

Acerca de crear,

O de inspirarme,

Pero entre más leo,

Más cosas ignoró,

Y menos preparado estoy,

Me pregunto cómo triunfar,

Si dudas de tu ser,

¿Cómo triunfar si no sabes nada?

Si lo que creías saber,

Es sólo una ilusión,

O no se adapta a la realidad,

Si esto no va más,

Si el final es crudo,

E imposible de modificar.

ACASO

¿Acaso el amor es una ilusión?,
¿Acaso perdí cuando creía ganar?
Con tu adiós arrancaste mi corazón,
Pero yo aún puedo caminar,
Te llevaste tanto de mi ser,
Sólo dejaste dolor y soledad,
Me dejaste abandonado,
Casi sin aliento y sin ganas de continuar…

¿Acaso fue una ilusión tu adiós y volverás?
¿Acaso el amor es un invento iluso?
¿Acaso volverá todo a la normalidad?
¿Y este amor se convertirá en una realidad?
No lo sabré,
Y lejos de saber estas respuestas,
Yo veo que todo sigue su andar,
Y veo que, en la vida nada se detiene,
Y que las cuatro estaciones,
Nada las detendrá…

Mientras yo me lleno de preguntas,
Que no puedo responder,
Mientras yo pienso y pienso,
Todo continúa igual.

QUISIERA

Quisiera entender por qué nos abandonamos,
Quisiera entender en qué acabamos,
En todo lo que sacrificamos,
En todo lo que abandonamos,
Sigo sin armar el rompecabezas,
De aquella escena de adiós,
Quisiera entender ¿por qué no es desamor?,
Si todo era felicidad,
¿Cómo pudo acabar en soledad?…

Quisiera poder entender tu frialdad,
Y mi insensatez a la hora de hablar,
Quisiera entender aquel repentino "me voy",
Quisiera entender lo que piensas,
Quisiera poder amarte siempre y hoy.

EL VACÍO DE TUS OJOS

Creía que estar solo era lo peor,
Pero en el momento en que vi tus ojos,
Diciéndome "te amo",
Entendí lo grave de mi equivocación,
Creía que la soledad era el peor estado,
Al que yo podría entrar,
Pero aun estando en tus brazos,
El frío me llegaba a arropar…

Bastante equivocado estaba,
Cuando tu presencia me hacía sentir vacío,
Y que caminaba sin guía ni lugar,
Creyendo que estar solo era peor,
Pero llegaste y cuenta me di,
Que algunos caminos no debía andarlos solo,
Sin la carga de alguien que no quería estar.

TRISTE FEBRERO

Pasamos un hermoso invierno desde tu llegada,
Aún recuerdo aquella tarde de octubre,
Donde instantáneamente descubrimos,
La sincronía de nuestro palpitar,
Pasamos noviembre y aquel beso acompañó el invierno,
Llegando pronto un sábado,
Despidiendo aquel hermoso y caótico año…

llegó deprisa aquel enero,
Más frío y cruel que diciembre,
Vinieron aquellos días donde dábamos por sentado todo,
Todo armónico entre calor y frío,
Tu mano tomé hasta que llegamos,
A aquel triste febrero,
Donde la magia desapareció,
Y los problemas aparecieron…

Arribaron aquellos días,
Donde la vida nos separó,
Y donde por fin yo me situé,
En esa estación esperando que tu adiós,
Se convirtiera en un "¡hola, aquí estoy!".

NOCHES Y PENSAMIENTOS

Noches de bolero,
Llega tu recuerdo,
Noches de blues,
Yo aquí te quiero,
Días azules o grises,
¿Qué importa la tonalidad?
Días más. Días menos,
La vida no para en su andar…

Tardes negras. Tardes grises,
Tu ausencia y el atardecer,
Que se abalanzan sobre mí,
Noche de boleros,
Y yo sigo solo,
Aumentando la aflicción de mi ser…

Noche de blues sin ti,
Otra noche para olvidar,
Otra noche para no amar,
Noche de bolero,
Quizá me desangraré,
Y luego trataré de continuar.

LIBRA

Su natalicio en septiembre es,

Entre ser y no ser,

Pero ella siempre será,

Llegó un verano,

Y se marchó en la primavera,

Sumamos y restamos,

La ecuación al final no resultó,

Nada resulto como se planeó,

Todo se desmoronó,

En un abrir y cerrar de ojos…

Te marchaste y en mi corazón un tesoro quedó,

Y en esta noche yo trato,

De enmendar aquella equivocación,

Noches de insomnio han pasado,

Ciclos lunares, arrancado y culminado,

Muchos años han pasado,

Y hoy lleno de soledad estoy,

Aún me recalco aquel error,

Te fuiste para siempre en una primavera,

Pero lo nuestro será siempre un otoño sin final.

NOCHE DE FRÍO

Hoy mi cuerpo, en el frío de esta noche,
Extraña mucho tu calor,
Me pregunta; ¿por qué no estás?,
Reclamándome por tu ausencia,
En estos momentos de debilidad,
Agravan aún más mi culpabilidad…

En noches de tu ausencia,
En noches de mi soledad,
Me pesa el que no regresaras,
Me cargan los recuerdos,
Y los "te amo" que ya no pronuncio,
Me pesan los versos que ya no recito,
Me pesan aquellas fotografías,
Y todo lo que pudo ser…

Esta noche de luna creciente y de teclas tristes,
Los boleros me golpean con más fuerza,
Tu ausencia me pesa más,
Contemplando un infinito me reclamo,
Como mi cuerpo reclama el que no estás,
Esta noche en especial,
Sé que todo salió mal,
Mañana continuará esta historia,
A la que ya no podré cambiarle su final.

EN EL SUSPIRO DEL DÍA

Si me lanzaste a tu olvido,
Y de tu vida me erradicaste ya,
No me enojo. Sólo acepto el destino,
Si me lanzaste por la borda,
Con el atardecer tomaré mi camino…

En dirección donde muere el día,
Compondré aquel glorioso poema,
Con mi último suspiro,
Que hable sobre tu adiós,
Donde plasme lo que significas para mí,
Me lanzaré y me perderé,
Y aceptaré mi terrible destino…

Y trataré de continuar,
Andando por el mundo sin tu amor,
De respirar y amar en soledad,
De gritar y por siempre soñar.

NO TE MARCHES

¡No te marches esta noche!

Exclamaba mi alma resignada,

Con una vida tan golpeada,

¡No te marches!, Mientras te abrazaba,

Supliqué abrazado de consuelo,

Refugiándome ante el desenlace,

Lentamente contemplé tu despegar,

Lentamente te volteabas,

Cuando emprendías tu marchar,

Sin voltear atrás, ni decir adiós,

Yo resignado en silencio,

Te veía partir, llevándote contigo,

Lo mejor de nosotros dos.

ENTERRADO

Parece que se evaporó lo mejor de mí,
Entre marzo y abril todo se quedó,
Con tu adiós te llevaste toda inspiración,
Con tu ausencia mi corazón sufrió,
No sé qué nos faltó,
Y si volvimos a fracasar,
Ahora, ¿a quien vas a culpar?,
Ahora, ¿me extrañarás?,
Si nos cruzamos, ¿me saludarás?,
Parece que todo has decidido ya,
Para nada firmo tu regreso,
Posiblemente en fotografías me verás,
Seguramente en persona me ignorarás,
Parece que, en el pasado… enterrado estoy ya.

LO MEJOR DE MÍ

Esto es lo que entrego para ti,
Esto es lo mejor de mí,
Entre versos te lo di,
Entre historias te plasmé,
Y aunque con demasía te anhelé,
Al fin llegaste a mí,
Tu decisión fue la correcta,
Caímos y nos herimos,
Pero aquí, esta noche,
Te doy lo mejor de mí…

Por esta noche estás aquí,
Atrás no hay nada más,
Entre versos, toma lo mejor de mí,
Entre versos me quedaré aquí,
Y aguardé paciente por ti,
Aguardé bien el momento para tenerte,
Y poderte por siempre dar,
Todo lo bueno que hay en mí.

ANGUSTIA

La angustia me inunda al parecer,
Una aflicción que no puedo arrancar de mí,
Voy caminando conmigo o sin mí,
Mi mente traiciona una vez más a mi ser…

Avanzo muy lleno de aflicción,
Asfixiado por el ritmo acelerado de esta vida,
Frustrado por sueños incumplidos,
Así marcho en esta noche,
Sin rumbo, sin ser y sin razón,
Y sin sentimientos en mi huida…

Sin voz y sin ganas de gritar,
A veces en infinita soledad,
Así camino por esta vida,
En el siglo de la comunicación,
Sin poder decir lo que siento hoy.

AGOSTO

Agosto se marchó en un abrir y cerrar de ojos,
Diversas noches llevo sin pensarte,
Algunas de terrible insomnio,
Que voy sumando a mi bitácora,
Mis versos se fueron con tu partir,
Y la culpa por completo me invadió,
Después de estos meses,
Todo vuelve a estar aquí…

Los versos reaparecen,
Con ciertos matices de timidez,
Con repentino tono de culpa,
Con planeada precaución,
Pero tu rostro comienza a desaparecer,
Agosto ya se marchó,
El invierno se comienza a palpitar.
Tu rostro en el retrovisor se quedó…
Agosto ya se fue,
Entre matices claros y grises,
Al igual que tu incólume rostro,
Que tristemente se marchó.

RESTOS DE MI CORAZÓN

En ocasiones pasadas he entregado este corazón,

Lo han pisoteado, y lo han desechado,

Pero aquí sigo y así marcho hacia adelante,

Con la fe dañada y la esperanza deteriorada,

Esperando que la próxima sea la indicada,

Así continúo mi viaje por esta vida,

Por este trayecto de reír y llorar,

De caer y aprender a levantarme,

Así mi corazón continuará,

Cayendo a pedazos y esperando a ese alguien,

Que venga a unir los restos de este corazón,

Y que nunca, jamás lo dañe.

TUS ARGUMENTOS

Al borde del precipicio apreciaba la caída,
Al borde del precipicio me encontraba,
Después de aquel repentino adiós,
Cuando menos esperaba mi razón,
Cuando a entregar mi corazón comenzaba…

Una tarde me dijiste; "Esto ya se terminó",
"Ya no puedo continuar",
Fueron las palabras que se desprendieron de tu ser,
Dejándome caer un balde de dolor,
Dejando entrever,
Que el culpable he sido yo…

Tus argumentos y razones no bastan hoy,

Aún después de tantas lunas,

Me saben a nada. Me traen dolor,

Aún después de tanto tiempo,

Duelen		como		si		hubiesen		sido		hoy.

MOMENTOS DE AYER

Cada momento que desaproveché,
Cada mujer que yo amé,
Cada recuerdo que yo atesoré,
Cada error que quise olvidar,
En noches como esta se convierten,
En dardos hirientes de mi susceptibilidad,
En nubes grises que empañan mi visión,
Que envenenan mis sueños,
Encargándose de quitarme la paz…

Se proponen a aparecerme la ansiedad,
Se hacen presente en mí pensar,
Desembocando en insomnios,
Que me vienen a atacar,
Como una película proyectan mi sufrir,
Imágenes en secuencia de cada error,
Que me vienen a lastimar,
Inmisericordes la paz me arrancan,
Despojándome las ganas de continuar…

Dudas por doquier inundan este lugar,
Y las mujeres que yo amé,
Me vienen a visitar,
Convirtiéndose en fantasmas,
Que ahora me acompañarán,
Por lo que resta de esta vida,
Por lo que resta de mi caminar.

SÁBADO DE LLUVIA

Recuerdo cómo conquistábamos las noches,
Cada sábado nuestros cuerpos se sincronizaban,
Con el deseo nos despojábamos de todo trapo,
Para entregarnos al placer y al pecado,
Recuerdo esos caminos haciéndose cortos,
En tu compañía se abalanzaban...

Y robábamos protagonismo al cielo estrellado,
Gratos recuerdo de tu sonrisa,
Largas pláticas en el auto estacionado,
Recuerdos de tu mano al rozarme,
Y mis ávidos labios al besarte,
Robando segundos al tiempo,
En aquellas noches de sábado.

TÚ Y YO

Tú y yo;
Y el destino que nos unió,
Tú y yo,
Y el azar que nos consolidó,
Tú y yo;
Y el mismo azar que nos separó.

Tú y yo,
Y tú que te vas,
Yo, que comienzo a crear,
Tú que vuelves,
Me comienzo a ilusionar una vez más,
Tú que te vas con cada amanecer,
Yo que cuido tus sueños
Y desvela su interior,
Tú, tan cauta,
Yo, volátil en mi actuar…

Tú y yo,
Esa historia contenida de versiones,
Que no asemejan una verdad,
Tú con tu actuar,
Yo, contigo siendo feliz,
Tú y yo,
Esa historia que me lleva a dudar,
Tú con tu convicción y con tu lema,
De ¡No volveré ya!
Yo escribiendo cada momento de felicidad,
Anhelando lo que ya no está,
Tú, con tu eterna sonrisa;
Yo, con mi profunda soledad,

Destrozando cada parte de mi interior,
Tú y yo,
¿Qué más quedara?

Yo, con esta vida,
Tú, feliz con la tuya,
Yo que continúo arrastrando,
La culpabilidad de aquel adiós,
El que carga con esa separación
Que día tras día duele más.

Tú y yo,
Tanta frustración,
Tú que ya no estás,
Mi *yo* que esperándote está,
Velando ansiosamente,
Sólo por si decides regresar…

Tú y yo,
Tú tomándote tu tiempo,
Respirando hondo y acabando,
Diciéndome ya ¡No más",
Yo, recostado sin saber
Que nunca más ya te veré.

Tú y yo,
Tú, la que ganó,
Yo, quien siempre perdió,
Tú… muy bien,
Yo, pensando,
Si algún día de nuevo te tendré.

LA VIDA

Aquella vida que se nos va,
Entre instantes, risas y lágrimas,
Es la misma vida que no valoramos,
de la misma que nos quejamos,
La vida se nos va y es una realidad…

Cada día pasado es un recuerdo más,
Cada día perdido es algo que no vamos a recuperar,
La vida se nos va,
La vida se nos fue,
Entre suspiros y decidir qué hacer,
Se fue y no la volverás a ver…

Ya, aquellos días han quedado tan atrás,
Añoranzas en el retrovisor son ya,
Y muy tarde ya será,
Cuando a tus sesenta y tantos te dirás,
Que te olvidaste de vivir,
Olvidaste cómo ser feliz,
Por mucho pensar y pensar,
La vida entre las manos se te fue.

NO PRETENDAS

No pretendas que todo está bien,

Si bien sabes lo mal que nos va,

No pretendas que esté bien,

Si tú extrañas mi calor,

Si yo extraño rozar tu piel,

No pretendamos si quiera imaginar,

Que vivimos un cuento de hadas,

Cuando la efímera realidad,

Nos sigue superando fiel,

No te exaltes diciendo que soy el malo,

Si en tu versión de los hechos,

Yo no brindé todo de mí

Si en mi versión, que tengo por derecho,

Ambos quedamos a deber...

No pretendas que te va bien,

Si tú y yo a plenitud sabemos,

Lo mal que te va en la vida,

No hagas creer a los demás,

Que tu mundo está lleno de felicidad,

Si está construido a base de engaños,

No me pretendas engañar,

Ni te engañes una vez más,

Si sabemos ambos cómo esto va a terminar.

HISTORIAS EN EL TECHO

Recostado esta noche me encuentro,

Mi mirada fija contra el techo está,

Así te observaré al llegar,

Desde el suelo comienzas a crear,

Mi interior llegas a tocar,

Removiendo todo mi orgullo,

Mi ser dejas al desnudo,

Y entre tanta vulnerabilidad,

Te comienzo a dibujar…

Con versos que me llegan a socavar,

Hasta el fondo me llegan a tocar,

Y que no me dejan concentrar,

Malogrando desprenderme de esa ilusión,

Sin lograr volver a la realidad,

Las preguntas y juicios,

Ahora me comienzan a rodear,

Mientras recostado esta noche estoy,

Con furia me comienzas a atacar…

Tú me comienzas a increpar,

Yo comienzo de ti a dudar,

Y de duda en duda,

Me encuentro más vulnerable,

Me pregunto, ¿no soy el mejor?

Me preguntas, ¿qué hago aquí?

Te pregunto, ¿qué puedo lograr?

Y hasta dónde pretendo llegar,

¿Qué gano escribiéndote?,

Si ya jamás volverás,

¿Será para ocultar mi debilidad?...

Es parte de mi manera cobarde,

De afrontar toda realidad,

Y, sin embargo, aquí continúo,

Desnudo, recostado y pensando,

Viéndote de nuevo llegar,

Y termino vulnerable,

Viendo cómo otra vez te vas.

VUELVES

Hoy vuelves a mí,

Me preguntas, ¿cómo estoy?

Olvidando lo que dijiste en tu adiós,

Hoy vuelves y yo sé,

Que te volverás a marchar,

Esta noche volviste,

No sé qué pensar hoy…

No sé cómo actuar,

Menos cómo reaccionar,

Tu partida en el horizonte,

Comienzo por divisar,

Tu adiós será como la conversación,

Tan efímera, y conociendo el final,

Sólo me queda esperar el día,

En que decidas dar marcha atrás.

LUCHA CONSTANTE

En mi desesperado intento olvidarte,

Vuelvo a tropezar,

Mi orgullo comienza a ceder,

En un intento desesperado,

Creyendo en una ilusión,

De camino a buscarte, tropecé…

Fracasé descubriendo que ya no estabas,

A tu casa corrí con la ilusión,

De que esperarías un poco por mí,

Pero un silencio demoledor,

Invadió todo mi interior,

Hasta aflorar tantas incógnitas,

Que jamás podré contestar…

En el camino de olvidarte,

Me volví a perder,

Cuando más seguro creí que estaba,

Fracasé en mi búsqueda,

En aquel atardecer.

¡NO MÁS!

¿Cómo llegamos a esta situación?,
Esta que en tu corazón y el mío,
Llegando hasta ya no soportarnos,
A ser bravíamente hirientes,
Se quedaron sin conexión…

Y a volver a comenzar,
Hoy te veo desde aquí,
Y analizo tu forma de actuar,
Perplejo aguardo y te observo,
Sin compartir tu forma de querer,
Esa forma de no amar,
De tan sólo estimarme,
Sin compartir tu forma de pensarme,
Esta noche digo ¡No más!,
Dejemos ya de buscarnos,
Y de fingir que todo mejorará.

LO QUE PERDÍ

Yo no entiendo qué hago aquí,

Pensando y creando para ti,

No entiendo que hago creyendo en ti,

Y pensando en que un día tú volverás,

Sentado y aguardando por tu regreso,

Tormentas y lunas nuevas me acompañarán…

He retratado tantos atardeceres,

Aguardando un sinfín de amaneceres,

Sentado aquí, la vida perdí por vivir,

Esperándote, muchos amores perdí,

Y no entiendo aún por qué aquí sigo,

Escribiendo y pensando en ti…

Anhelando tu calor,

Si bien claro todo quedó,

Si perfecto lo recalcaste en tu adiós,

Que no volverías jamás,

Si dejaste clara tu intención,

La de buscarte un mejor amor,

A alguien mejor que yo.

LA VIDA

La vida y la suma de momentos,

Que sobrepasan mi manera de vivir,

La vida. Aquellos momentos,

Que sobrepasan mi forma de sentir,

Y mi forma de reaccionar ante la adversidad,

Los momentos que no volverán,

Las vueltas que se vuelven difíciles de sobrellevar,

Las vueltas que no se pueden anticipar,

Y te cuesta la vida en sí,

La vida aquella que se nos va…

Con cada amanecer,

Con cada atardecer,

Con cada respirar,

Y con cada palpitar,

Se nos va aquella vida,

Que es difícil de no querer,

Y nos rehusamos a perder.

DOMINGO DE VERANO

Domingo a las ocho menos cuarto,

En esta ciudad la brisa se ha marchado,

Calles desoladas ha dejado,

Este equinoccio de otoño,

Con su clima seco de verano...

En ocasiones abandonas este lugar,

Domingo por la noche,

En que las letras comienzan a desaparecer.

Así como las ganas de continuar,

Esfumándose de mi ser,

Lentamente retrayéndome más en mí,

La fe se comienza a perder,

Y las pizcas de valentía se comienzan a desintegrar...

Dejando un caparazón sin sentir,

Sin poder expresar tal dolor,

Domingo. Domingo de otoño,

De reflexiones y de mucho dudar,

Domingo con otra noche más.

MI NOCHE

La noche pinta para ser larga,

Y de muchos pensamientos,

Que comenzarás rondando este lugar,

Hasta apoderarse de mi mente,

Alejando de mi interior el sueño,

Pensamientos por acumular…

Y se desprenden como una avalancha,

De la que no podré escapar,

Aquí estoy inmóvil de tanto cavilar,

Llevándome a una profunda soledad,

Siento cómo pierdo el apetito,

Mis fuerzas siento desvanecerse,

Pierdo la noción de lo que está a mi alrededor,

Esta etapa crónica se vuelve ya…

Es mi manera de afrontar los reveses,

Que la vida llanamente me prepara,

Pensamiento tras pensamiento,

Con la calma llegando a perder,

No sé qué será de este hombre,

Que planea auto sabotear su felicidad…

No sé qué podría esperar,

Si cuando logro sueños conquistar,

Todo dentro de mi ser se esfuma,

Sin saber qué más poder esperar.

UNA HISTORIA TRISTE

Es hora de decirnos adiós,

Tantas idas. Tantas vueltas,

Demasiados "te extrañaré",

Incontables "te extraño",

Todos caducados están,

Dañamos lo poco que salvamos,

Perdimos lo que nos quedaba,

Tus "no pienses en mí",

Somos la historia más triste,

Que se podría contar…

Recuerda que, en cada despedida,

Siempre fui yo el perdedor,

Perdiendo la fe en ti,

Y en él *nosotros* desprendido de tus labios,

También perdí la fe en mí,

Tantas preguntas sin respuesta,

Pensamientos y sentimientos de culpabilidad,

Que a estas alturas me laceran,

Y ahora tú en mi habitación estás…

Me dejas y me llenas de ansiedad,

Con tu dura forma de decir adiós,

Sabiendo que regresarás,

Y sé que te mueres por regresar,

Sosegada, pero entre suspiros,

Decidida   a   herirme   una   vez   más.

TU TALENTO

Cuentas con tanta sutileza,

Para con ella mi alma dañar,

Para estancarte en mí pensar,

Sin malinterpretaciones,

Con todas estas palabras,

Que no son de dolor u odio,

Tan sólo son reclamos arraigados,

En mi derecho de discrepar…

Con tu cruel manera de actuar,

Con tu forma especial,

De hacerme ver como el malo.

Hasta hacerme creer en mi culpabilidad,

Y que esta será mía por los días

que aún me faltan por respirar…

Admiro tu sutileza descarada,

Cuando me llamas para preguntar,

¿Cómo es que me va?

Inundando mi voluntad,

Admiro el temple con que miras mis ojos,

Cuando me mientas sin piedad,

Pero más admiro tu osadía al caminar,

Cuando te alejas diciendo adiós,

Sin importarte si soy o no.

SEGUNDO ASALTO

La vida recién comienza,

Y ya me encuentro sobre la lona,

Sueños, metas y amores frustrados,

Y aunque no me considero un perdedor,

No emprendo desde mi interior,

Nada que me llegue a motivar,

Tan sólo veo los días pasar…

Algún recelo por los logros ajenos,

En mi interior me comienza a aquejar,

Por aquellas oportunidades que gozan otros,

En mi interior, el continuar se comienza a derribar,

Tal cual castillos de naipes,

Azotados por la brisa de cualquier soplido,

Me encierro y no hago nada por salir,

Me invade la duda de mi capacidad…

Y la vida se me termina de escapar,

Acaso, ¿tendré alguna capacidad?

O es que, ¿la vida me abandonó?

Quizá, ¿seré un perdedor?

Y todo esto me llego a frustrar,

Porque no consigo responder,

Las incógnitas que rodean mi andar…

Y me frustro a cúmulos en mi interior,

Dolor, amor, tristeza, y frustración,

Exploto dañando más,

Toda la vida se me va,

Hiriendo sin querer a los demás,

Incapaz de vivir la vida se me fue ya.

VEINTITANTOS

Veintitantos años,

Sin un notorio destino,

Y sin un claro camino,

Deambulando por esta vida,

Sin el enfoque en mí,

Complaciendo a los demás,

Poniéndome en segundo lugar,

Con mis fuerzas me margino…

Ahondo en caminos,

Que a los demás les gusta contemplar,

Y me ahogo entre sueños,

Merodeando entre desvelos,

Entre fantasías despierto,

Ahogándome en ilusiones,

Que jamás podré lograr…

Pruebo las sales de la frustración,

Encerrándome en mi interior,

Queriendo a bocanadas gritar,

Atraganto las nostalgias,

Y todo llega empeora una vez más…

Saciado de derrotas y pensamientos,

O de recuerdos que no me dejan continuar,

Me asusto en la complejidad de mi caminar,

Con veintitantos lucho contra mi interior,

Me inundo de dudas,

Me cuesta caminar,

Dudo de lo que me dicta el corazón…

Tiendo a sobre pensar,

Esto es acomplejamiento,

Un sin sabor amargo.

Un sin saber qué hacer con estos sentimientos,

Que deterioran mi angustiada vida,

Una vida que se me va,

Y que no podré jamás recuperar.

MÁRCHATE

Mira a través de mí,

¡Mira!, Y así entenderás,

Que acertaste al apartarte de mí,

Ve y ahora dime,

Cuan equivocado estaba,

Al pensar que yo merecía amar…

Pregúntame qué pensaba,

Para creer que volverías a mí,

Mira a través de mis ojos,

Y contempla lo autodestructivo que soy,

Mira y márchate ya,

Hazte un favor,

Y cierra la puerta ya…

Al momento de decirnos adiós,

Mira a través de mí,

Y desecha esa frase de *Tú y Yo*,

Mira a través de mí,

Y ve lo asustado que estoy,

Del ritmo frenético del *hoy*…

Mira y ahora dime,

Que no estoy tan loco,

Mira a través de mí,

Una última vez,

Luego márchate,

Para nunca volver,

Márchate y hazte el favor,

De olvidar a este cobarde ya,

Que se cruzó en tu camino,

Pero que fue un escalón,

Hacia tu felicidad.

NO TE OLVIDO

No te olvido,

Y con eso no puedo lidiar,

Hago de todo,

Y tú buscas la manera de regresar,

Dime, ¿cómo puedo continuar?

O si alguna vez me dejarás continuar,

Porque esta frustración,

Me comienza a sobrepasar…

Dime, ¿cómo debo de actuar?,

La ilusión se transforma en frustración,

Las letras se llenan de rencor,

Los versos de amor se comienzan a marchar,

Dime cómo hago para continuar…

Del modo en que tú lo conseguiste,

¿Acaso yo valgo poco?,

Mi existencia no es lo suficiente para ti,

¿Acaso soy aquel juguete de tu aburrir?,

O ¿acaso soy tan fácil de desechar?,

¿O te resulta más fácil el ignorarme?,

Y después volver a mí,

Te resulta tan sencillo,

Creer que nada ocurre entre tú y yo,

Dímelo esta noche,

¿Cómo puedes hacer todo eso?,

Y dime de paso,

Cómo olvidar sin reproches.

MI ETERNO ERROR

Error tras error,

Parece que no me cansaré,

De amar a quien no me ama,

Parece que no me saciaré,

A quien no me extraña,

Parece que no he aprendido a caer,

Parezco acostumbrarme,

A toda esta trama...

Que no saldré del círculo vicioso,

De hacer el ridículo,

Y de entregar todo lo que soy,

¿Para qué me ha servido?,

¿Para qué continúo?,

Error tras error,

Pero tengo que continuar,

Y tragarme sentimientos y palabras,

A sonreír,

Error tras error,

Y siempre seguir.

PALABRAS SIN VALOR

Te dije adiós,

Deseándote lo mejor,

Y aunque muy en el fondo de mi corazón,

Sabía que cometía un error,

Ese era el camino,

Que el destino nos tenía preparado,

Te dije: "algo mejor llegará",

Mintiendo en mi interior…

Por sobrellevar la carga de mi error,

Me encerré en lo que creí una verdad universal,

Ignorando mis deseos y mi sentir,

Sólo Te vi partir,

Te dije adiós, pero te mantengo aquí,

Donde construimos ese hogar,

En cada rincón habitas sin que no vuelves más,

Acompañándome de noche,

Despidiéndote hasta al sol divisar…

Te dije adiós,

Pero tu ausencia quema mi interior,

Desatando en ella una lucha sin final,

Donde la razón y el corazón no alcanzan a conciliar,

Ambos debaten, mientras yo en vela me hallo,

Y la historia se repite cada noche al llegar a mí soñar…

Te dije adiós,

Y esas palabras aún me lastiman,

Porque sé que no debí dejarte ir,

Pero la vida deberá de continuar,

Hasta que recapacite por mi error,

Esperando que no sea tarde para los dos,

Te dije adiós, pero te mantienes siempre junto a mí.

¿QUIÉN?

¿Quién estará allí para evitar que caiga?,

Si tú ya no estás más,

Si nos encontramos cerca, pero tan lejos de lo que solíamos ser,

Alejados de nuestra esencia, de lo que queremos ser,

¿Quién estará aquí esta noche?

Si desde tu adiós, solo reina la oscuridad en este hogar,

Y te observo llegar y marcharte sin poder hacer más.

¿Quién me animara ahora que no estás?

Si la vida día a día me sobrepasa y caigo en su triste dinámica, llevándome a rodar y a sobre pensar...

¿Quién estará allí?

En ese rincón, en todos lados, como lo hacías tú, ausente y presente en cada decisión, en cada mala actuación,

¿Quién estará aquí, para rescatarme de mí peor versión?,

Y guiarme hacia el destino trazado,

¿Quién estará hoy?,

En esta habitación, que con el pasar de los días se agranda más, la cual desde tu adiós perdió el color y calor,

¿Quién estará mañana para motivarme hacia mi mejor versión?,

¿Quién?, alguien responda, que la noche está llegando,

Y con ella se asoma lo peor.

PALABRAS SIN PRONUNCIAR

Años andando con la carga de tu adiós,

Durante días y noche,

Creí que el culpable era yo,

Pero la vida me ha demostrado mi equivocación,

Que algunos caminos se unen, pero se tienen que separar,

Y ese fue nuestro destino desde el día de otoño que llegaste a mí,

Sabía que te irías de aquí,

Años cargando palabras que no pudieron salir…

Los "te amo" que nunca pronuncié,

Y los besos que no te di,

Saliendo del bache de tu repentino adiós,

Tus palabras parecen frescas en mi interior,

Y me parece increíble que más de diez años transcurrieran ya,

Ahora te veo desde aquí,

Y en tu lugar es de día, aquí en mi hogar es de noche,

Pero ambos coincidimos siempre en sueños,

Y nos trasladamos hacia aquel otoño…

Años llevo cargando este dolor aquí,

Y esta noche, me siento más libre de ti,

Y más cerca de mí,

De lo que quiero ser, de lo que siempre creíste que sería,

Años llevas aquí, en este tu hogar,

Entre poemas, escondida y retratada, vivirías,

Pero no como sinónimo de dolor,

Sino como algo cercano al amor.

PIEZAS DE LO QUE FUE

Un mundo que no existió,

Se derrumba ante mí,

Yo comienzo a recolectar,

O a tratar de salvar lo bueno que quedó,

Para construir un mejor lugar…

Un mundo muy interior,

Quedó aturdido con el derrumbe de algo que prometía eternidad,

Y ahora se dedica a buscar ser la mejor versión de él,

O a tratar de no pensar y agobiarse por la vida que lo lleva a dudar,

Un mundo perfecto o ideal resultó ser defectuoso,

Como lo es el humano en su finitia esencia,

Y aprendió que no es bueno callar…

Que en ocasiones es necesario gritar: ¡Te amo, no te vayas!,

Todo esta a punto de cambiar,

Este mundo, mi mundo perfectamente planeado,

Resulto ser impredecible y difícil de llevar,

Por lo que esta noche se inspira en esa esencia que debe de recuperar…

Un mundo que no existió, hace falta en mi interior,

Pero caigo en razón y debo continuar,

Porque más adelante lamentaré el tiempo que no supe aprovechar

Un mundo que se fue se aleja cada día más,

Pero no está mal… Se llama evolucionar.

NOCHE 01

El silencio de hoy,

Se convierte en el reproche de mañana,

Las palabras no pronunciadas hoy,

Pesan cada día más en mi interior,

Los pasos que no di me hacen falta para llegar a mi destino,

Las oportunidades que desperdicié,

Se convierten en reclamos a mi incapacidad,

Los amores que no valoré…

Se convierten en fantasmas que rondan mi habitación,

Las personas que ya no están por acá,

Habitan en este extraño hogar,

Que con el tiempo se vuelve más frío y difícil de vivir,

Las fotografías de hoy son recuerdos del mañana,

Y de las caricias que no di…

Los besos que negué,

Y los abrazos que no entregué,

Se me incrustan alli, entre el ser y la piel,

Habitando un espacio que se comienza a ampliar,

Que en las noches se encoje y siento que no puedo sobrellevar más con la carga de mi actuar…

El silencio, los pasos y mi corazón,

Protestan esta noche porque me rijo por la razón,

Que me hace dudar de mi capacidad,

Que se encarga de protegerme, aun sin valorar que, si no arriesgo,

No sabré si ganaré o aprenderé.

Made in the USA
Columbia, SC
04 November 2024